EPITRE

A TALMA.

ÉPITRE

A TALMA,

ACTEUR

DU THÉATRE-FRANÇAIS.

Par J. M. G.

A PARIS,

Chez DELAUNAY, Libraire, au Palais-Royal.

DE L'IMPRIMERIE D'ANTH°. BOUCHER,

Successeur de L. G. Michaud,

Rue des Bons-Enfants, n°. 34.

Juillet 1818.

ÉPITRE

A TALMA.

Tu t'éloignes encor! un moment de présence
Peut-il dédommager d'une éternelle absence?
Est-ce pour éveiller nos desirs, nos regrets,
Qu'à nos yeux attentifs tu viens et disparais?
Un monde réuni, qui t'applaudit, t'admire,
Ne peut donc dans Paris t'arrêter, te suffire?
Où sait-on mieux goûter la tragique terreur?
Où célèbre-t-on mieux la gloire d'un acteur?
Reviens enfin, Talma, parais sur notre scène,
Exauce mieux nos vœux et ceux de Melpomène.
Exerce dans Paris ton étonnant pouvoir:
L'univers est ici, revole l'émouvoir.
  Près du Français léger, admirateur, sensible,
Que forcent ta vigueur et ton accent terrible,
A livrer tout son cœur à ces tristes transports,
A ce morne silence, inconnus jusqu'alors, -

Vois le fils d'Albion, dans son ame muette,
Sentir, quand tu parais, une force secrette,
Et trouver dans ton art d'assez sombres attraits
Pour que son cœur, lui-même, en sente les effets.
L'ame de ce Germain, dans sa froide pensée,
Est par toi seul d'effroi noûvellement glacée.
Vois ce fier Espagnol que rien ne peut dompter,
S'attacher à ta voix, te suivre, t'écouter;
Recevoir dans son sein brûlant et plein de vie,
Le feu de tes accents, et te porter envie.
Ce Romain te contemple: immobile à tes yeux,
Il croit voir dans Talma revivre ses aïeux;
Il croit voir Rome encor maîtresse de la terre,
Et que son aigle encor dispose du tonnerre.
Où pourras-tu trouver de plus dignes rivaux,
Plus d'applaudissements, des triomphes plus beaux?
C'est dans Paris, Talma, que l'univers t'admire.
Viens, et ne quitte plus ton véritable empire;
Demeure pour jamais. Quand tu repars, hélas!
Que de héros alors s'envolent sur tes pas!
Quand tu nous es rendu, Paris voit reparaître
De ses nobles plaisirs le héros et le maître;
Les grands hommes de Rome et ceux de l'univers
Reparaissent en toi sous leurs aspects divers.

Quel mélange charmant! Quels droits à notre estime!

Quel tableau varié! quel contraste sublime!

Que ne suis-je moi-même un des mortels heureux

Qu'Apollon favorable embrase de ses feux!

Que ne puis-je, Talma, fort de cet avantage,

Te rendre dans ces vers un immortel hommage!

Comme il me serait doux de peindre dans mes vers

De ton art varié les prodiges divers!

J'enivrerais les cœurs du pouvoir de ces charmes,

D'où naissent des plaisirs tempérés par des larmes.

Je te peindrais tournant un regard de douceur,

Exprimant d'un bon Roi quel est le noble cœur *;

L'aimable majesté parlant sur ton visage,

L'assurance sortant du geste et du langage,

Et la voix du héros portant dans les esprits

Le respect et l'amour par des accents chéris.

On te verrait, Talma, dans mes récits fidèles,

Touché d'un seul amour, adoré de cent belles;

A l'ombre des lauriers, quelquefois soupirer,

Toujours maître d'un cœur qu'on ne peut égarer;

Apprenant aux captifs d'un amour tyrannique

Que l'enfant des plaisirs est lui-même héroïque;

---

* Dans le rôle de Henri IV.

Cent beautés s'écriant, quand l'amour les dompta :
Hommes, que n'aimez-vous de l'amour de Talma !

On te verrait surtout, ô surprise terrible !
Lever un bras vengeur, et malgré tout sensible ;
T'efforçant d'endurcir un cœur plein de douceur,
Faisant étinceler l'amour dans la terreur ;
Réunissant ainsi, par un accord sublime,
Pitié pour le coupable, horreur contre le crime.

J'ai présente, à jamais, cette première fois
Que je vis tes transports, que j'entendis ta voix.
Hamlet, je pus te voir. O terreur ! ô merveille !
De quel cri, t'éveillant, frappas-tu mon oreille ?
Sans te voir, à ta voix, tremblant : A quel héros,
Dis-je, un rêve effroyable arrache le repos ?
Tu parais : la pâleur a voilé ton visage,
De colère, d'amour et de douleur image.
Chacun en frissonna ; mais comme en un moment
Ta douleur nous remplit d'un noble sentiment !
Que ta voix, tout-à-coup, devint lente et forcée !
Que ton ame parut de douleur affaissée !
Comme ta main soutint ton beau front abattu !
Comme on vit la douleur ! comme on vit la vertu !

Quel Dieu remplit ton cœur et fait mouvoir ton geste ?
Où puisas-tu ces traits et cet élan céleste

Tout puissant à nos yeux? Déjà tout est changé;
Des nœuds d'un lent chagrin ton cœur est dégagé!
Rapide aux mouvements, guidé par la nature,
Il lance sa fureur au meurtre, à l'imposture.
Ton effrayant récit, ton œil, ta voix, ton corps,
Ouvrent avec horreur le froid séjour des morts :
Du tombeau tombe, Dieu! la pierre épouvantée,
Un spectre en laisse voir sa squelette agitée;
Il se lève, il en sort, de sang fumant, hideux.....
Hamlet sent malgré lui se dresser ses cheveux.
Le spectateur pâlit, le plus hardi frissonne,
La femme se dérobe, et le savant s'étonne;
Le peuple épouvanté voit des périls certains,
N'ose fermer les yeux, les cache de ses mains.
Le spectre est là debout, pousse sa voix sévère;
Hamlet l'entend, le fixe, et reconnaît son père.
O pouvoir de la voix! ô miracle de l'art!
Un récit a pu donc effrayer le regard!

Dieu, quel effroi nouveau! Pardonne, c'est ta mère!
Comme les traits du prince altéra la colère!
Qu'il fronce les sourcils! comme son teint rougit!
Comme, dans sa fureur, il s'enflamme et pâlit!
Quelle froide sueur! quel Dieu cruel le presse!
Quels yeux ferme l'horreur, et lève la tendresse!

I..

Quel bras tremblant d'horreur et fort par désespoir!
Comme il doute effrayé d'un terrible devoir!
Le poignard en sa main à mes yeux étincelle;
La frayeur a saisi sa mère criminelle;
L'ombre de son époux pousse le bras vengeur,
Hamlet va la percer..... Hamlet cède à son cœur,
Il tombe à ses genoux, il cède à la nature ;
Sa fureur l'abandonne au chagrin qu'il endure.
Le spectateur saisi, d'effroi pétrifié,
Revit, pleurant d'horreur, d'amour et de pitié.

 Vous, poètes heureux, dont la muse féconde,
Par des vers enchanteurs sait embellir le monde,
Saisissez mes transports, chantez, il en est temps,
Talma, son calme heureux, ses beaux emportements;
Son éloge, son art, ses triomphes, sa gloire;
Aux siècles à venir assurez sa mémoire.

 Étalez dans vos chants les sublimes beautés
Que la scène découvre à nos yeux enchantés.
Du théâtre chantez la noblesse et les charmes,
Où les cœurs les plus durs versent souvent des larmes;
Où l'aimable gaîté nous plaît et nous instruit;
Où le crime aperçoit le fléau qui le suit;
Où la vertu souvent, des malheurs poursuivie,
S'apprend, près de l'honneur, à mépriser la vie;

Où le sort des humains, sous mille aspects divers,
Paraît dans un salon comme dans l'univers.
C'est là que, malgré tout, ces ames paresseuses,
Des vices ou des rangs victimes malheureuses,
Sortant de l'esclavage où plongent les grandeurs,
Promènent leurs regards sur les ris, sur les pleurs.
C'est là que, secouant une illustre ignorance,
Ils sont souvent forcés à plaindre l'indigence ;
C'est là que le perfide envisage la mort,
On trouve son salut, éveillant le remords.
L'ami, d'un faux ami reconnaît le langage;
Le héros, des vertus y voit l'heureux partage ;
L'homme, d'un fol amour découvre le danger;
La belle, avant d'aimer, craint un amant léger.
Le sage y vit heureux malgré son infortune :
Chacun y voit voler le char de la fortune;
Chacun des passions y contemple les jeux;
On s'y plaît, on s'instruit : fait-on de meilleurs vœux?

  Le poète, du ciel a reçu la puissance
De peindre la nature au sein de l'innocence;
De louer la vertu, de chanter les héros,
D'anoblir le travail, d'embellir le repos;
De parer à nos yeux les beautés de l'histoire;
De prêter ses accents à l'amour, à la gloire;

D'inspirer tour-à-tour, en tous lieux écouté,
Une utile tristesse, une aimable gaîté.
Qu'il chante les héros, les horreurs de la guerre
La paix, seul et vrai bien qu'on goûte sur la terre ;
Qu'il décrive, mais noble, un doux et tendre amour,
Les ombres de la nuit et la clarté du jour ;
Des belles le pouvoir, des hommes la faiblesse,
Les fruits d'un âge mûr, les fleurs de la jeunesse ;
La verdure des prés et la fraîcheur des bois ;
Les charmes du printemps, du rossignol la voix.
Qu'il promène son âme, inspirée et divine,
Sur mille objets divers que rien ne détermine ;
Qu'il folâtre, il le peut, enivré de plaisir,
Fêtant un doux sourire, un innocent soupir.
Qu'il soit même permis à sa muse champêtre
D'appeler les mortels à l'ombre d'un vieux hêtre,
Loin du bruit de la ville, où se nourrit l'erreur,
D'où fuit la liberté, source du vrai bonheur ;
Dans des champs fortunés où règne l'abondance,
Au milieu des bergers heureux par l'innocence,
Admirer la bergère en ses simples appas ;
Naïve ou endormie à l'ombre des lilas.
Soyons même trompés : trouvons à la campagne
Près d'un berger grossier, une laide compagne ;

L'ignorance, l'ennui, loin du séjour des arts ;

D'infidèles amours, de sauvages regards ;

De niais campagnards, les froids et les orages,

Au lieu de ces beautés, de ces charmants ombrages

Qu'on nous peint avec art ; et de pressants besoins

Au lieu de ces beaux fruits qu'on recueille sans soins.

La fureur poétique a parcouru la terre :

Bien plus, de Jupiter elle a vu le tonnerre ;

Dans les flots, dans l'enfer, elle attacha son nom

Au trident de Neptune, aux cornes de Pluton ;

De Vénus elle a pu manier la ceinture ,

Et sonder les secrets de toute la nature.

Non contente souvent de délicats desirs,

Elle a souvent cherché de dégoûtants plaisirs ;

Et, déchirant le voile aux plaisirs nécessaire,

Elle a trouvé flétri ce qui devait lui plaire.

Fou dans son doux délire, et charmant à-la-fois,

Le poète à des morts a su rendre la voix ;

Aux arbres , aux ruisseaux, ce séducteur aimable

Prêta le sentiment et se plut à la fable.

L'acteur, oui l'acteur seul, par un différent sort

Paraît trop rarement animer son transport ;

Plus content de flatter de coupables caprices ;

Il néglige, l'ingrat, ce qui fait nos délices.

En silence il voudrait, jaloux d'un grand acteur,
Qu'on le jugeât célèbre aux dépens de l'honneur :
Blasphême tyrannique, ingratitude affreuse,
Du poète, surtout, conduite trop honteuse.
Toi, qui contrains ta muse à force de travaux
A t'inspirer des vers pour braver des rivaux ;
Qui, tissant une fable ou dépouillant l'histoire,
Veux immortaliser dans tes vers ta mémoire ;
Qui sais plaire, émouvoir, enseigner, étonner,
Par les vers qu'à la scène un jour tu vas donner :
Que ne songes-tu pas que ta gloire tient d'elle,
Ce qui va la montrer et la rendre plus belle ?
Tes travaux ont un prix, ton ouvrage est parfait ;
Mais l'acteur en obtient le glorieux effet.

L'artiste ingénieux à raison fait paraître,
Content de son travail, le juste orgueil d'un maître,
Quand il offre à nos yeux, étonnés de son art,
Un acier dont l'éclat éblouit le regard,
Éprouvé dans sa trempe, au tranchant redoutable,
D'une pointe subtile et d'un prix admirable.

Mais un ardent guerrier qui vole aux champs de Mars,
Et, ce fer à la main, affronte des remparts ;
Qui, bouillant de courage et de vertu guerrière,
Foulant mille ennemis, jonche de morts la terre ;

Qui de sang, de sueur, de fatigue accablé,

Méprise cent périls, et n'en est point troublé;

Sert son pays, l'honneur, et, tout couvert de gloire,

Attache à sa valeur le char de la victoire.

Aurait-il, ce héros échappé du trépas,

Moins d'honneur que celui qui sut armer son bras?

Vulcain, de Jupiter armant le bras suprême,

Que Jupiter alors est-il plus grand lui-même?

A-t-on vu les mortels, bravant le dieu des dieux,

Adorer la Sicile et mépriser les cieux?

Terrassons une fois un préjugé frivole;

Des mœurs et des plaisirs honorons mieux l'école:

Osons franchir enfin le cercle des erreurs,

Parcouru trop souvent des vers adulateurs.

Blâmons tout insensé, tout imposteur blâmable,

D'un hommage sincère à jamais incapable,

Qui, malgré sa pensée et la voix de son cœur,

Ne veut pas de lauriers couronner un acteur,

Et qui, fier d'un vain titre ou d'ignoble richesse,

Dédaigne un grand acteur et l'admire sans cesse.

Comme je livrerais au plus honteux mépris

Ces hommes corrompus, ces dangereux esprits,

Injustes à juger, soutiens de l'imposture,

Tyrans de la beauté, nourrissons de l'injure,

Qui, sans doute jaloux, osent avec noirceur
Des nymphes du théâtre attaquer la pudeur!
Apprenez, ennemis et des mœurs et des femmes,
Qu'elles ont des vertus, plus que vous, dans leurs ames;
Et n'ont d'autres regrets, malicieux argus,
Que celui de paraître à vos yeux corrompus.
Non, toi, qui d'une actrice oses ternir la vie,
A tes lâches desirs tu ne l'as pas fléchie;
Peut-être s'indignant de tes soupirs honteux,
T'a-t-elle fait rougir en méprisant tes vœux.

Mais vous, justes mortels, au vrai toujours propices,
Détruisez ces erreurs et chassez ces caprices;
Vengez avec éclat le théâtre outragé;
Des détours des méchants qu'il brille dégagé.
Dévouez aux Talma les louanges du sage;
Forcez les cœurs trompés à leur payer hommage;
Élevez pour toujours, mortels reconnaissants,
A leur gloire, à leurs jeux, d'éternels monuments.
Que d'un sublime acteur les triomphes aimables
Laissent pour l'avenir des souvenirs durables;
Que la toile et le marbre attestent leur beauté:
Vengez ainsi les mœurs, vengeant la vérité.

Que le chantre, sensible aux bienfaits de la scène,
Les célèbre à jamais dans leur gloire certaine;

Et nous verrons alors un peuple corrigé,

Secondant nos desirs, vainqueur du préjugé ;

Écoutant un acteur qu'il aime et qu'il révère,

Rechercher au théâtre un plaisir salutaire.

Alors, oui, nous verrons la scène avec ardeur

Suer de notre hommage à mériter l'honneur ;

Jalouse même alors d'une illustre mémoire,

Elle n'étalera que des sujets de gloire ;

Et ses nymphes enfin paraîtront en ces jours

Exerçant les vertus au milieu des amours,

Sans qu'un soupçon malin, fier ennemi des belles,

Les montre, l'imposteur, trop tendres, infidelles.

Environné des jeux, idoles de mon cœur,

Dans les bras enfantins d'un innocent bonheur,

Dans l'âge des plaisirs plus que de la sagesse,

J'admirais ce bel art que nous transmit la Grèce.

Dès qu'enfin, délivré de mes plus jeunes ans,

La raison m'éclaira par le flambeau du temps ;

Dès que mon cœur s'ouvrit aux leçons de la gloire,

De plus grands souvenirs j'enrichis ma mémoire ;

Le théâtre à mes yeux augmenta ses appas ;

Il eut mille beautés qu'avant il n'avait pas.

Ce n'étaient plus ces jeux, richesses de l'enfance,

C'étaient de grands portraits, les mœurs et l'éloquence,

L'école des humains, et, peints par les plaisirs,
La gloire, la vertu, l'amour et les desirs ;
Mais un *bravo* d'un jour, un éternel silence,
Etaient d'un grand acteur l'indigne récompense.
C'est alors que je vis, trop peu reconnaissants,
Des sages imparfaits et d'injustes savants.
Je les vis enivrés du plus touchant délire,
S'empresser au théâtre, en s'égayant s'instruire,
Et célébrer plutôt les nuages des cieux,
Une rose, un lutrin, un sot berger, deux yeux,
Que les charmes et l'art qu'un acteur sait répandre,
Un acteur que, ravis, ils s'empressent d'entendre.
Ah ! qu'il nous reste encor de fautes à compter,
De préjugés à vaincre, et d'abus à dompter !

Puissé-je, heureux enfin, briser cette barrière,
A des chantres plus grands en ouvrir la carrière ;
Puissé-je, heureux enfin, dans mes ardents desirs,
Préparer les lauriers aux dieux de nos plaisirs.

Talma tu te suffis, ta gloire t'est donnée ;
La France en est remplie, et l'Europe étonnée.

Permets, Talma, permets qu'à tes yeux un instant
J'expose d'autres faits soumis à ton talent ;
Que j'observe ces jeux où la gaîté préside,
Où souvent, loin de toi, la mollesse est leur guide.

Dis-moi, Dieu de la scène, un abus dangereux
Ne nous y rend-il pas moins bons, et moins heureux?
Est-ce là le grand but où le théâtre aspire?
Est-ce un plaisir frivole, un éternel délire?
Et pourquoi n'a-t-on pas, dans tous ces jeux divers,
Conservé le grand but d'éclairer l'univers?
Et pourquoi n'a-t-on pas épuré, sans attente,
Des mœurs du peuple enfin une source importante?
Le théâtre, ce lieu que la foule remplit,
Où le cœur se dégrade ou trop peu s'anoblit;
Où le peuple s'émeut, s'abandonne, est docile,
Pleure, rit, est sensible, admirateur, facile;
Le théâtre, doué d'un étonnant pouvoir,
Ne peut-il devenir l'école du devoir ?
Faut-il qu'où la vertu pourrait et vaincre et plaire,
Elle trouve toujours un puissant adversaire ?

Qu'est-ce que cet amas de frivoles discours;
Ces niais avec art qu'on supporte toujours;
Ces sujets indiscrets qu'enfante la mollesse,
Tous ces fades récits qu'écoute la paresse;
Ce masque exagéré qu'obtient la vérité;
Ce fard, qui trop souvent nous cache la beauté?
On doit peindre, achever, animer la nature,
Mais on perd tout effet par trop d'art, d'imposture:

L'homme, pour excuser ses défauts, ses erreurs,
Saisit tout, cherche tout : il vous croira menteurs
Si vous exagérez. D'un ridicule extrême,
Si vous le surpassez, vous l'excusez lui-même.
Pourquoi ce ton hardi, ces équivoques mots,
Ces ruses, ces langueurs, si douces pour les sots ;
Ces costumes outrés, indécents et bizarres,
Ces tours mal-à-propos, ces actions barbares,
Par qui l'acteur paraît demander d'impromptu :
Suis-je sain, fou, cruel, bienfaisant, nu, vêtu ?

Il est vraiment plaisant d'observer sur la scène
Une beauté timide et respirant à peine,
Déployer tout son art, dans sa feinte pudeur,
Pour nous dire en secret qu'elle dément son cœur.

Et, s'il est au théâtre une leçon louable,
Quelle importance a-t-elle ? on la croit méprisable,
Quand l'acteur qui la donne, à nos yeux la dément ;
Quand l'acteur, selon nous, est dans l'abaissement...
Misérables, ingrats, corrompus que nous sommes !
Que le vice et l'erreur tiennent au cœur des hommes !
Quand Athènes créa la scène et les acteurs,
Athènes nous donna la censure des mœurs,
Et ne prétendit pas présenter sur les scènes
Des hommes avilis, dégradés dans Athènes.

L'acteur fut honoré, fut des mœurs un soutien ;

Par ce titre un esclave était fait citoyen.

    Mais nous, sans honte enfin livrés à la mollesse,

Nous avons à nos mœurs abaissé la sagesse.

Charmés de nos défauts, contents de nos erreurs,

Nous allons au théâtre alimenter nos cœurs ;

Et, pour que la vertu ne puisse nous séduire,

Nous méprisons l'acteur suant à nous instruire.

A force de mépris, nous changeons son destin,

Il ne peut espérer que l'or et le dédain.

Obstinés à nous nuir, à force de malice

Dans la honte aujourd'hui nous plongeons une actrice.

L'acteur, fût-ce un héros, pour nous n'est qu'un bouffon,

L'actrice en vain résiste, on sait ternir son nom.

Nous ne leur voulons pas des ames élevées ;

Les vertus de leur cœur ainsi sont enlevées ;

Et le théâtre enfin, leçon de la vertu,

Loin de nous corriger, par nous est corrompu ;

Là, les mœurs qu'en riant on corrigeait en Grèce,

En riant, parmi nous se corrompent sans cesse.

    Parmi tant de projets pour nous rendre meilleurs,

Aucun ne s'en forma pour bannir ces erreurs ;

On condamne, on s'écrie, on se plaint, on soupire ;

On n'ose réformer ; on prétendrait détruire.

Quoi ! ne pourrait-on pas, épurant nos plaisirs ,
Remplir plus noblement nos goûts et nos desirs ?
La scène serait-elle en effet méprisable ,
De vertu, de noblesse et d'honneur incapable ?
Non, elle ne l'est point : les sages et les grands
Peuvent la relever de ses abaissements.

Que le sage en prescrive et la marche et la gloire ;
Que les lois à ses soins assurent la victoire ;
Qu'estimé parmi nous on choisisse l'acteur ;
Que son art à nos yeux soit un chemin d'honneur ;
Qu'il aime la vertu, qu'il la pratique, et même ,
Quand il ne l'aime pas, qu'on suppose qu'il l'aime ;
Qu'il pense que l'éloge, honorant ses talents ,
Suppose dans son cœur de nobles sentiments.
Si nous le méprisons, il se rend méprisable ;
Donnons-lui notre estime, il s'en rendra capable.
Un hommage souvent qu'on n'a pas mérité
Nous rappelle un devoir qu'on avait rejeté ;
Et souvent la louange en nos ames fait naître,
Sans être vertueux, le vrai desir de l'être.
Non, jamais le mépris ne produit la vertu,
Et l'homme méprisé vit en homme perdu.

Que l'auteur donne un prix à sa plume avilie ;
C'est lui qu'on doit toujours livrer à l'infamie,

S'il ose présenter des travaux dangereux,

Indécents, négligés, opposés à nos vœux.

Qu'on ne l'épargne point : son audace est connue;

Il ne peut supposer qu'on ne l'ait apperçue,

Et croira qu'on l'approuve, et qu'il en est prisé,

Si par notre censure il n'est désabusé.

Mais j'ai voulu montrer quelle était ma pensée,

La règle d'opérer par moi n'est point tracée.

J'indique un grand sujet d'occuper les savants,

Les hommes éclairés, les lois et les puissants.

Je leur laisse des soins dont ils sont seuls capables :

Puissent-ils à mes vœux se montrer favorables.

Talma, je te soumets et ces vers et ces vœux,

Sache au moins mes souhaits, s'ils ne sont pas heureux.

Si le bien dont je parle est au rang dès chímères,

A des cœurs délicats elles sont encor chères;

Et le bien, quelquefois impossible pour nous,

Flatte encor des désirs agréables et doux.

FIN.